LIBRAIRIE CLASSIQUE
DE Mᵐᵉ Vᵉ MAIRE-NYON.

F. BERNCASTEL.

RÉCRÉATIONS DE LA JEUNESSE

OU

ÉNIGMES HISTORIQUES.

RÉCRÉATIONS

DE LA JEUNESSE

Paris. — Imprimé par E. Thunot et Cᵉ, rue Racine, 26.

RÉCRÉATIONS

DE LA JEUNESSE

OU

ÉNIGMES HISTORIQUES

PAR

FRÉDÉRICA BERNCASTEL

A PARIS,

CHEZ Mme Ve MAIRE-NYON, QUAI CONTI, 13;

<table>
<tr><td>LONDRES,</td><td>BRIGHTON,</td></tr>
<tr><td>ROLANDI, 20, Berners street, Oxford street.</td><td>FOLTHORP, Royal Library.</td></tr>
</table>

1858

PRÉFACE

Le petit volume d'énigmes historiques que je présente au public me semble n'exiger aucune préface, car le titre du livre explique son but. Un mot suffira. Ce petit ouvrage est destiné plutôt comme récréation pour la jeunesse que comme livre d'instruction. Dédié à mes élèves, c'est dans ce but qu'il a été composé. Il deviendra un amusement instructif si l'on engage les élèves à raconter avec détails les faits remarquables relatifs à chaque énigme.

Puisse ce petit volume inspirer du goût pour

l'étude de l'histoire à quelques jeunes esprits,
mon but sera alors atteint ; car l'histoire, si l'on
prend la peine d'en mesurer la portée, est un
des enseignements les plus salutaires que puisse
se proposer l'intelligence humaine.

F. BERNCASTEL.

Portland place, Brighton.

20 juin 1858.

RÉCRÉATIONS DE LA JEUNESSE

ou

ÉNIGMES HISTORIQUES.

HISTOIRE SAINTE.

1

Une jeune et noble princesse,
Se promenait au bord des eaux;
Elle entend un cri de détresse
Qui semble partir des roseaux:
Ce cri réveille dans son âme
L'élan d'un maternel amour;
Elle appelle une pauvre femme,
Et conduit l'enfant à sa cour.

2

Un roi, sur son lit de douleur,
Voyant s'avancer l'agonie:
Quoi, dit-il, ma vie est finie!
Je n'ai rien fait pour le Seigneur!
Mais le ciel entendit sa plainte,
Du regret c'étaient les accents,
Et le prophète à la voix sainte
Vint lui promettre encor quinze ans.

3

Un vieillard lentement gravissait la montagne,
S'appuyant sur le bras du fils qui l'accompagne;
Une ombre de douleur assombrissait son front;
Quand il fut arrivé sur le sommet du mont
Au sacrifice affreux l'infortuné s'apprête,
Mais la voix du Seigneur retentit et l'arrête.

4

Tu les poursuis en vain, ta fureur insensée
Devant le doigt de Dieu tout à coup s'est brisée,
Et les Hébreux sauvés de ton joug rigoureux,
Voient les flots de la mer s'écarter devant eux.

5

Voyez ce jeune enfant bégayant sa prière,
Sa lèvre accoutumée à des chants immortels ;
Sa mère le vouant au Dieu du sanctuaire,
Lui fit passer ses jours à l'ombre des autels.

6

Pleins d'une foi sublime et d'une ardente audace,
Trois frères attachés à la loi de leur Dieu,
D'un monarque cruel méprisant la menace,
S'élancent triomphants dans la fournaise en feu.

7

Pleurez votre compagne, ô vierges d'Israël !
Son père malheureux fit au Dieu qu'il adore,
Avant d'aller combattre, un vœu triste et cruel
Qui lui ravit, hélas ! sa fille à son aurore.

8

La reine repoussant la volonté suprême
Du roi son maître et son époux,
Perdit bientôt son diadème
Et dut fléchir sous son courroux.

1.

9

Fidèle au Dieu de ses aïeux,
Une enfant de race juive,
Pleure au sein de ses jours heureux
Le sort d'une tribu captive;
Du ciel apaisant le courroux,
Sa beauté, sa noble constance,
La fit, auprès de son époux,
L'instrument de leur délivrance.

10

Sur les murs fastueux du palais de ses pères
Un indigne monarque, au milieu d'un festin,
Vit une main tracer en sombres caractères
Des mots cachés qui vont annoncer son destin;
Un enfant d'Israël lui fit alors entendre,
Que le vase du crime est rempli jusqu'au bord,
Et que la même nuit sur son front vont descendre,
Au milieu des plaisirs, la ruine et la mort!

11

Une cité profane et magnifique
Avait oublié le Seigneur,
Mais un saint des vieux jours, à l'accent prophétique,
Lui fit regretter son erreur.

12

Le mal avait frappé le fils près de sa mère,
Mais son amour était si brûlant et si fort,
Qu'elle osait espérer dans sa douleur amère
Que le Dieu qu'elle aimait pourrait vaincre la mort;
Le prophète divin le rappelle à la vie
Et le rend à l'amour de sa mère ravie.

13

Un roi païen fit venir un prophète
Pour qu'Israël à sa voix fût maudit,
Mais, ô prodige heureux! l'âne qui le conduit,
Dans le chemin lui parle, et puis s'arrête;
Et le maître surpris, dès lors se repentit.

14

Un géant valeureux vient défier l'armée
Par laquelle Israël compte se protéger,
Des plus braves guerriers l'audace est alarmée,
Mais le géant périt sous les coups d'un berger.

15

En vain la reine impie arrive au bord du temple
Pour arracher l'enfant aux marches de l'autel,
Jéhova dans les cieux le garde et le contemple,
Et l'enfant doit un jour régner sur Israël.

16

Un jeune Israëlite invoque le Seigneur,
Exilé loin du sol où le sort le fit naître,
Chaque jour en priant le ciel avec ferveur
Il brave noblement le courroux de son maître ;
Pour le punir alors de sa témérité,
Le roi le fit jeter aux animaux féroces ;
Mais il fut à l'instant par ceux-ci respecté,
  Du ciel même il reçut des forces.

17

  Un monarque appelé le sage
Fut bien longtemps la joie et l'amour d'Israël ;
Mais hélas ! quand il fut au déclin de son âge,
De l'impur Dieu Baal il encensa l'autel.
Le Ciel pour le punir, en son cœur paternel,
  A son fils ravit l'héritage.

18

Ton respect et ta foi, ta sagesse profonde,
Lyre des premiers jours, ô chantre d'Israël,
Dans les siècles futurs charment encor le monde ;
Ta louange au Seigneur fit ton nom immortel.

19

Les Philistins heureux vainquirent un grand roi,
Mais craignant de tomber dans leurs mains redoutables
Il manqua de courage, ayant manqué de foi,
Il appela vers lui la mort, lâche et coupable.

20

Quelle est la femme, au courage intrépide,
Qui méprisant la faiblesse et la peur,
Pour obéir au devoir qui la guide,
Extermina l'ennemi du Seigneur ?

21

Pleure, ô Jérusalem, le Seigneur t'abandonne,
Le fier Assyrien ravit ta liberté ,
Ton monarque vaincu, conduit à Babylone,
Meurt sous le joug honteux de la captivité.

22

Le silence et l'effroi couvrent la vaste plaine,
Deux cités ont brillé sur le sol dévasté,
Le souffle du Seigneur les brûla de sa haine :
De leurs crimes hideux il était irrité.

23

Près d'un ruisseau fameux un prophète s'écrie :
Prends mes jours, ô Seigneur, je faiblis sous l'affront,
De l'infâme Baal je vois l'idolâtrie
A ton peuple choisi faire courber le front.

24

Un captif innocent, victime d'un mensonge,
Languissait tristement dans la captivité,
Mais une nuit le roi fut tourmenté d'un songe
    Et lui rendit la liberté.

25

    A la cour du roi Salomon,
    On vit venir une princesse
    Qu'attirait l'illustre renom
    Que lui méritait sa sagesse.

26

Quel est le méchant roi de l'antique Israël,
Qui s'unit comme époux au sort de Jésabel,
Et dont il partagea les erreurs et les crimes ?
Mais tous deux, à la fin, en devinrent victimes.

27

O mère, laisse-moi te suivre !
Dans ton pays je veux venir,
Loin de toi, je ne pourrai vivre,
Auprès de toi, je veux mourir !

28

Lentement vers la ville avançait un prophète ;
Des cheveux blancs ornaient sa vénérable tête ;
De coupables enfants le voyant par hasard
Osèrent prodiguer l'insulte au saint vieillard,
Mais deux ours affamés que le Seigneur envoie
De ces blasphémateurs vinrent faire leur proie.

29

Vers la fin de sa vie, un roi dans Israël,
Fut affligé par Dieu d'un mal âpre et cruel;
Mais au lieu de placer en Dieu sa confiance
Il voulut le secours de l'humaine science.

30

Voilà que l'ange destructeur,
Vient frapper l'Égypte coupable
Les premiers nés, marqués par le Seigneur
Tombent sous son bras redoutable.

31

Deux voyageurs allaient sur la terre étrangère
Réclamant le bienfait de l'hospitalité :
Une femme ouvre alors son seuil à leur prière,
Et sous son toit béni, les garde en sûreté,
Et par un heureux stratagême
Elle sut les cacher à son roi furieux
Mais en retour, un jour cette femme par eux,
Quand le sort eut changé, fut sauvée elle-même.

32

Le prophète parla, puis à sa voix soudain
On vit se reculer les ondes du Jourdain,
Et les enfants de Dieu découvrirent la terre
Promise si longtemps à leur désir sincère.

33

On entendit au loin l'accent du saint prophète
Et sept fois résonna bruyamment la trompette ;
On vit crouler les murs de la vaste cité,
Car Dieu l'avait maudite en son impiété.

34

Un roi, dans Israël, avait un fils coupable
Que le Seigneur frappa de son bras redoutable ;
Mais le père égaré, voyant le châtiment,
Disait : J'aurais péri, mon Dieu, pour mon enfant.

35

Pour tes fils corrompus ta coupable indulgence,
Du Seigneur en courroux appelle la vengeance ;
L'heure du châtiment juste, mais rigoureux,
Va bientôt éclater sur toi comme sur eux.

36

Sur un mont dont le monde a gardé la mémoire
Le Seigneur éternel fit entendre sa voix ;
A son prophète aimé il annonce sa gloire
Et lui-même à son peuple il a dicté ses lois.

37

Un patriarche saint, père au cœur bon et tendre,
Pleurait amèrement un fils, son dernier né,
Une famine alors venant à se répandre
Lui rendit par hasard, cet enfant bien aimé.

38

Sur le sable brûlant, dans un désert aride,
Un enfant se mourait près de sa mère en pleurs :
Elle dit en voyant son front déjà livide :
Hélas ! je vais mourir, ô mon fils, si tu meurs.

39

Tandis qu'une famine épouvantait le monde,
Dix frères s'avançaient vers l'Égypte féconde ;
Dans le palais du roi, tous furent accueillis,
Et d'un blé succulent leurs sacs furent remplis.

40

Bénis-moi, bénis-moi, mon père,
Je suis ton fils, ton premier né ;
Le père répond étonné :
Mais, mon fils, j'ai béni ton frère !

41

Le Seigneur tout puissant combat pour Israël,
Ce peuple coupable qu'il aime,
Et par sa puissance suprême
Il fit arrêter le soleil.

42

Holocauste sacré, et sanglant sacrifice,
Ce n'est pas là ce qui peut plaire à Dieu ;
C'est un cœur pur, épris de sa justice,
De son amour sentant le noble feu.

43

Sur les monts de Nébo le prophète s'avance ;
A ses yeux étonnés il est enfin donné
De contempler, de loin, ce pays fortuné
Qui fut promis longtemps à son obéissance.

44

Un capitaine illustre, au sein de la Syrie,
Fut affligé soudain par une infirmité ;
Il s'adresse au prophète, humblement le supplie,
Et celui-ci touché lui rendit la santé.

45

Un prophète de Dieu vint un jour à Béthel
Pour annoncer à tous la loi de l'Éternel.
Le monarque sur lui leva sa main impie,
Mais d'un grand châtiment la faute fut suivie.

46

Un roi, que l'Éternel avait abandonné
A de cruels tourments, fut longtemps condamné ;
Mais un jeune berger, par sa douce harmonie,
Chassa de son esprit un infernal génie.

47

Du peuple de Juda l'un des fidèles rois
De Moïse toujours avait suivi les lois,
Mais il laissa son fils épouser Athalie,
Et le Seigneur punit sa coupable folie.

48

Le prophète inspiré sur le haut du Carmel
Assemble autour de lui le peuple d'Israël;
Il invoque son Dieu : bientôt à sa voix sainte,
Les prêtres de Baal, tous, sont remplis de crainte.

49

Dans sa force que Dieu par son pouvoir ranime,
Le vainqueur courageux du peuple Philistin
Meurt s'ensevelissant sous un monceau de ruines,
Et tous ses ennemis partagent son destin.

50

Un vieillard se repose auprès d'une fontaine,
Une femme y fait boire un troupeau qu'elle amène;
Le vieillard se plaignit de soif et de chaleur,
La femme offre une eau pure au pauvre voyageur.

HISTOIRE PROFANE

AVANT JÉSUS-CHRIST.

51

Voyez ce défilé si fameux dans l'histoire,
Où trois cents fils de Sparte expirent vaillamment ;
Leur chef est endormi dans son linceul de gloire,
Une épitaphe illustre orne son monument.

52

C'était encore au temps de la Rome païenne ;
Une mère, auprès d'elle, avait ses fils enfants.
Quelqu'un vint demander à la noble Romaine
De montrer les écrins où sont ses diamants.
Elle montra ses fils, et dit avec tendresse :
Mes enfants sont, pour moi, ma plus grande richesse.

53

Un illustre Romain banni cruellement,
Chez un peuple ennemi s'exila noblement.
Quand son ingrat pays, reconnaissant son crime,
Voulut le rappeler, cette auguste victime
Longtemps reste inflexible à son tardif appel,
Mais il céda vaincu par l'accent maternel.

54

Le plus grand conquérant, illustre ambitieux,
Eût plié l'Orient sous son joug valeureux,
Si la mort, dont la main bien souvent nous arrête,
Ne l'eût frappé soudain au sein de la conquête.

55

Du sein des arides déserts
Où l'Arabe poursuit sa course âpre et sauvage,
Une reine, par son courage,
Étonna longtemps l'univers.

56

Un père a fait jurer son fils adolescent
Que sa haine jamais ne s'éteindrait pour Rome ;
Le serment fut gardé dans le cœur du jeune homme :
Témoin la longue guerre où coula tant de sang.

57

Un monarque puissant abandonna son trône
Pour venir inconnu demeurer à Salone ;
Son règne avait été bien long ; mais trop souvent
Il avait écouté les conseils d'un méchant.

58

Dans une émeute, où le peuple est vainqueur,
Un prince se trouva, caché près d'une porte,
Et le peuple étonné s'en saisit et l'emporte,
Et de leur faction on le fit empereur.

59

Un enfant muet de naissance,
Qui de parler jamais n'avait eu l'espérance,
Vit son père adoré dans un danger de mort,
        Autour de lui la flèche vole ;
        L'enfant, dans un suprême effort,
        Retrouve à l'instant la parole.

60

De cette urne fatale, ô ma fille chérie,
        Ton nom, hélas! vient de sortir,
Dans leur cruelle loi, les destins t'ont choisie,
        O ma fille, il te faut mourir !

61

Assis sombre et pensif aux ruines de Carthage,
A l'aspect plein d'effroi voyez-vous ce vieillard ?
On se détourne, on fuit son farouche regard ;
De l'histoire des grands son nom souille une page.

62

On entendit des cris, des chants vifs et joyeux.
Alors on vit venir de loin les jeunes filles,
Les Romains s'en saisir : ce stratagème odieux
Peupla ce lieu qui fut la plus grande des villes.

63

Père, fils, petit-fils, tous trois se succédèrent,
Mais ce que je demande est le nom de leurs mères.

64

Parmi les noms connus aux fastes de l'histoire,
Il en est un brillant, mais qui, malgré la gloire
D'avoir de Mithridate été l'heureux vainqueur,
A Pharsale du sort a connu la rigueur.

65

Quels furent ces Romains unis par tous les crimes,
Dont les proscriptions firent tant de victimes ?

66

L'histoire grecque en grands hommes féconde
Offre souvent de beaux exemples au monde :
Deux héros, qui constants, s'étaient aimés toujours,
Par deux combats brillants terminèrent leurs jours.

67

L'empereur remplissant sa noble destinée
Fut bientôt surnommé bonheur du genre humain.
Ah ! disait-il parfois, j'ai perdu ma journée,
Je n'ai pas fait le moindre bien !

68

Un puissant empereur de Rome,
Y fit édifier un monument pompeux,
Mais il ternit son nom comme prince et comme homme,
Laissant persécuter des chrétiens malheureux.

69

Il avait des vertus le touchant assemblage,
Bon père, bon époux, il fut bon empereur.
Son fils ne reçut pas cet heureux héritage :
Ses vices aux humains ont toujours fait horreur.

70

Il avait fui le tumulte et la ville,
Et dans les champs voulait vivre à jamais,
Mais il était un général habile,
Le Sénat vint l'arracher à sa paix.

71

La liberté de Rome expire,
On se dispute alors son pouvoir redouté ;
Rome tu vas pleurer ton glorieux empire
Flétri par la licence et par la volupté.

72

Le roi Candaule aimait à vanter de sa femme,
Comme un trésor charmant, l'éclatante beauté,
Il fut trahi par un complot infâme,
Qui fut pour son ami par sa femme inventé.

73

Un monarque Lydien, dans le camp adversaire,
Parlait de sa richesse et puis de ses malheurs ;
Un sage répondit : Cela prouve sur terre
L'instabilité des grandeurs !

74

Deux frères ennemis commandent en personne,
Une puissante armée, auprès de Babylone,
Et treize mille Grecs combattant pour l'un deux,
Leur retraite laissa le nom le plus fameux.

75

Artaxerce premier, surnommé Longuemain,
Accueillit à sa cour un illustre Athénien;
Marathon, Salamine, avaient inscrit sa gloire,
Pourtant la Grèce ingrate en perdit la mémoire.

76

Vers l'an trois cents, au sein d'Alexandrie
Une bibliothèque alors fut établie,
Et par le même roi en ce temps fut construit
Un phare pour guider le vaisseau dans la nuit.

77

L'an deux mille cinq cents, sur les bords de l'Euphrate,
Un monarque puissant, surnommé le Chasseur,
Bâtit une cité si puissante et si vaste,
Que les siècles passés ont vanté sa grandeur.

2.

78

Monarque efféminé, l'opprobre de ton trône,
L'oracle l'a prédit, tu perdras ta couronne,
Et la mort, lâche, honteuse, arrêtera des jours
Que la honte et le crime ont souillés dans leur cours.

79

Victime d'une injuste et sombre tyrannie,
Un illustre guerrier, dont nous plaignons le sort,
Près du roi consentit à vivre en Bithynie,
Mais à la trahison il préféra la mort.

80

En Égypte quels sont les monuments fameux
Dont à peine on connaît l'origine et la source?
Mais Mœris éleva les travaux précieux
Pour contenir le Nil débordé dans sa course.

81

Un empereur reçut une faveur insigne:
Une croix lumineuse apparut dans les cieux;
Il entendit ces mots : Tu vaincras par ce signe;
Et dès lors la lumière apparut à ses yeux.

82

Quelle fut cette femme à la grande beauté,
Qui fit à des héros oublier la victoire ;
Antoine en un instant par elle fut dompté,
Et perdit à ses pieds l'intérêt de sa gloire.

83

A la cour d'Astyage arrive un jeune enfant,
Il y devint bientôt un échanson habile,
Mais sa simplicité aimable et junévile
Aux repas somptueux le laisse indifférent.

84

Le fils du grand Cyrus n'eut point le caractère
Ni les nobles vertus qui distinguaient son père ;
Traversant le désert, un mirage.trompeur
L'attire, puis il meurt victime d'une erreur.

85

Les habitants d'une île après une victoire,
Élèvent un colosse illustre dans l'histoire,
Mais du sol ébranlé le fatal tremblement
Détruisit en un jour le fameux monument.

86

Sur le trône de Perse un mage osa s'assoir ;
Il espérait jouir longtemps de son pouvoir,
Mais il périt un jour, d'un complot dont sa femme
D'une coupable main avait ourdi la trame.

87

Quel fut ce roi de la race Héraclide,
Qui fut le père heureux de l'aimable Hélonide ?
Fille tendre et dévouée, épouse au cœur parfait,
Sa vie en s'écoulant, ne fut qu'un long bienfait.

88

Quelle est donc cette reine en son génie altier,
Qui conduisit souvent son peuple à la victoire ?
Ses travaux ont longtemps surpris le monde entier ;
De Babylone ils ont encor grandi la gloire.

89

Près de Sardes eut lieu le combat de Thymbrée,
De l'un de ces deux rois, l'armée est démembrée.
Le roi de la Lydie, alors bien malheureux,
Dut le trône et la vie au vainqueur généreux.

90

Le roi de l'Étrurie arrivait devant Rome,
La ville allait tomber sous le joug étranger,
Mais toujours dans ses maux il surgit un grand homme,
Et la main d'un héros la sauva du danger.

91

La ville antique et célèbre de Rome
Eut pour fondateur un grand homme ;
Dites-nous donc le nom de l'heureux successeur,
Et de celui qui fut plus tard son oppresseur ?

92

Un roi romain, bon, généreux et brave,
De l'orgueil, hélas ! fut esclave ;
La pure vérité lui fit toujours horreur,
Mais il prêtait l'oreille à l'oracle trompeur.

93

Près d'un berceau s'élève une brillante flamme,
On prédit à l'enfant qu'un jour il sera roi ;
Sa mère, qui n'était qu'une humble et pauvre femme,
A ce présage heureux dès lors ajouta foi.

94

O monstre plein d'horreur, ò cœur dénaturé,
Qui n'a rien conservé des instincts d'une femme,
D'un père tu foulas le corps défiguré
Tombé sous le pouvoir de ton époux infâme.

95

Dans le palais des empereurs romains,
Apparut tout à coup une femme inconnue,
Elle venait offrir les livres sibyllins;
On la chassa trois fois, mais trois fois revenue,
De sa ténacité, l'empereur tout surpris,
Des trois livres restants donna le même prix.

96

Dans le tombeau glacé quand il allait descendre,
Un empereur romain disait : Je vais mourir,
Et cette urne bientôt renfermera ma cendre,
Et pourtant l'univers ne put me contenir!

97

Entre les deux devoirs de citoyen, de père,
Cet illustre Romain, hélas ! n'hésita pas,
Il sut se résigner à son devoir austère
Et de ses fils lui-même ordonna le trépas.

98

Victime d'injustes haines,
Le vainqueur de Marathon,
Mourut accablé de chaînes
Sous les murs froids d'une prison.

99

Pourquoi pleurer, amis ! la mort qui me délivre
Des ennuis de la vie ? A-t-elle, a-t-elle rien
Qui fasse regretter un si frêle lien ?
Ah ! ne vaut-il pas mieux cent fois cesser de vivre
Que de traîner longtemps des jours calomniés
A détruire l'erreur vainement employés :
Ainsi disait un sage en la Grèce féconde
Dont les nobles pensées ont remué le monde.

100

Deux enfants près du Tibre un jour abandonnés,
Sous le toit d'un berger quinze ans sont élevés;
A peine sortaient-ils des bornes de l'enfance
Qu'ils étaient déjà pleins de force, de vaillance.
Fatigués du repos, amoureux du danger
Ils quittent leur forêt, leur toit, leur vieux berger,
Car les plaisirs des champs pour eux n'ont plus de charmes
Il leur faut les combats, et le fracas des armes.

HISTOIRE D'ANGLETERRE.

101

Quel est donc ce navire à la marche rapide,
Dont le flanc écumant vient sillonner nos mers?
Il porte un conquérant, valeureux, intrépide,
Qui vient de l'étranger nous imposer des fers;
C'est vers l'an onze cents que par un stratagème,
Sur son front orgueilleux il mit le diadème.

102

Un monarque eut un fils, bon et plein de courage,
L'espoir constant de ses vieux jours,
Mais bien jeune il périt, hélas ! dans un naufrage;
Son père désolé le regretta toujours.

103

Au fond d'un cachot triste et sombre,
   Gémissait un auguste roi ;
Guidé par son amour et son ardente foi,
Son pauvre ménestrel, vers des prisons sans nombre
Se dirige voulant trouver ce maître aimé ;
Il sut en quel endroit on l'avait enfermé,
Car un jour en chantant sa chanson favorite,
Le monarque surpris le reconnut bien vite.

104

   Homme sans foi, monarque lâche,
Sans terres et sans biens, comme dit son surnom,
Du sang de l'innocent il a souillé son nom,
Et la postérité lui laisse encore sa tache.

105

Quel fut ce roi, bon, jeune et valeureux,
   Qui sut par son courage habile,
   Réprimant la guerre civile,
Se montrer digne fils de ses puissants aïeux ?

106

Un roi sage, juste et sévère,
Du parlement de la vieille Angleterre,
Fut le bien-aimé fondateur ;
Il sut par des édits appuyer sa grandeur.

107

Une ancienne ville de France
Fit une longue résistance ;
Voulant en vain la secourir,
Six de ses enfants vont périr ;
Mais par ses pleurs une reine pieuse
A fait changer cette sentence affreuse.

108

Un monarque bien faible au pouvoir chancelant,
Vit sur son front se poser deux couronnes ;
Devant un ennemi plus fort et plus vaillant,
Il descendit de ses deux trônes.

109

Au milieu de l'armée apparaît une reine ;
Par sa noble présence elle anime les cœurs.
Son règne eût été beau, si sa cruelle haine
N'eût par un noir forfait obscurci ses grandeurs.

110

Quelle est donc la cruelle et détestable femme,
Qui souilla de forfaits le sceptre d'Albion ?
Du sang de ses sujets elle anima la flamme,
Mais un titre sanglant fut à jamais son nom.

111

Bien longtemps exilé, sur le sol étranger,
Mais de ses grands malheurs n'ayant plus la mémoire,
Il fut un roi frivole, inconstant et léger :
Son règne qui fut court se consuma sans gloire.

112

Quelle est donc cette femme, intéressante reine,
Dont le destin d'abord avait paru si beau,
Mais qu'un roi son époux, injuste dans sa haine,
Fit périr jeune encor par la main du bourreau ?

113

O roi pieux, époux fidèle et bon,
Sa destinée, hélas, est bien amère :
Ses yeux éteints sont privés de lumière,
Et son esprit est privé de raison!

114

Une jeune princesse a quitté sa patrie,
Elle vint de bien loin pour épouser un roi,
Mais l'espérance, hélas, pour elle fut flétrie :
Il était sans vertu, sans amour et sans foi.

115

Avant de porter la couronne,
Un de nos rois vogua longtemps sur mer,
Mais quand il fut arrivé sur le trône,
A ses sujets il sut se rendre cher.

116

Crime dont le récit nous fait encor horreur !
Un oncle se saisit des enfants de son frère,
Et pour avoir leur trône, il les prend à leur mère,
Et les fait égorger en vil usurpateur.

117

Monarque infortuné trop faible pour le trône,
La nature te fit pour un rang plus obscur;
Le choc des factions a brisé ta couronne,
Puis arrosé le sol de ton sang le plus pur.

118

Dans sa science et son obscurité,
La jeune femme était heureuse loin du trône;
Mais un père orgueilleux, brisant sa volonté,
Lui donna l'échafaud au lieu d'une couronne.

119

La pauvre reine, aimante, jeune et belle,
Quand une mort précoce eut ravi son époux,
Partit pour un pays pour y régner sur tous,
Mais l'échafaud terrible y fut dressé pour elle.

120

Quel est ce combat sanguinaire,
Qui couvrit la France de deuil;
Qui fit plier son noble orgueil
En la livrant à l'Angleterre?

121

Une princesse belle et pleine d'espérance,
Fut enfermée au vieux château de Zell;
Savez-vous qui dicta cet ordre si cruel,
Et quand le trépas vint hâter sa délivrance?

122

Traître à ton roi, célèbre usurpateur,
Tu parais jouir du succès de ton crime,
Mais le sang pur de l'illustre victime,
A crié vengeance au Seigneur!

123

Dans une guerre, où la fureur extrême,
Vint déchirer en deux la nation,
On vit alors que chaque faction,
Prit une fleur pour emblème.

124

A tes malheurs, ô roi! la pitié se réveille,
Mais ta femme, infâme et cruelle,
Qui fut la cause de ta mort,
A gémi bien longtemps sous le poids de son sort.

125

'Un des grands rois de l'Angleterre,
Aux Français ayant fait la guerre,
Les combattit avec valeur,
Et fut contre eux deux fois vainqueur.

126

Quel est donc l'illustre marin,
Qui de l'Angleterre est la gloire,
Qui rencontra sa noble fin
A bord du vaisseau « La Victoire » ?

127

Dans un affreux complot on menaça le roi ;
Celui qui du projet forma l'horrible trame,
Fut bientôt découvert, et pour son crime infâme,
Il subit le trépas que prononça la loi.

128

Précipité du haut de la grandeur,
Un vieillard se mourait au fond d'un monastère,
Oh ! que n'ai-je, dit-il, servi Dieu, mon Seigneur,
Ainsi que j'ai servi le roi de cette terre.

129

Un roi passionné pour l'amour de la chasse,
A ce plaisir un jour, dans un bois se délasse ;
Mais un long javelot lancé par un chasseur,
Atteignit le monarque et lui perça le cœur.

130

« Les Français sont vaincus, » voilà les derniers mots,
Qui frappent en mourant l'oreille du héros,
« Oh! dit-il, mon armée est donc victorieuse ;
« Que m'importe la mort, puisqu'elle est glorieuse! »

131

Quel est donc le roi d'Angleterre,
Qui dans du vin a fait noyer son frère,
Qui d'autres fois encor montra sa cruauté,
Et laisse un nom flétri dans la postérité ?

132

Dans le pays de l'antique Cambrie,
Des montagnards vivaient heureux, en paix ;
Mais fier et valeureux, vint un monarque anglais,
Qui se saisit de leur douce patrie.

3.

133

Une reine fuyant devant ses ennemis,
Arrive, avec effort, au château d'Arundel;
La pauvre mère avait combattu pour son fils,
    Mais le destin lui fut cruel.

134

Un prêtre de l'autel y priait à genoux,
Mais il tombe soudain frappé de mille coups,
Et le roi crut alors par un pèlerinage,
De l'autel profané laver l'horrible outrage.

135

Un jeune prince, né sur les marches du trône,
A des vices honteux bien souvent s'abandonne;
Mais un intègre juge, à l'honneur de son roi,
Osa le condamner, en vertu de la loi.

136

Au bord d'un fleuve de l'Irlande,
Deux armées ont chacune un roi qui les commande;
Le combat fut sanglant et longtemps incertain :
Le vaincu se retire et vient à Saint-Germain.

137

Quelle est la reine d'Albion
Dont Marlborough a fait la gloire?
C'est par lui qu'on trouve son nom,
Placé plus haut au feuillet de l'histoire.

138

Dans les champs de Bosworth une bataille eut lieu.
Celui qui fit mourir les enfants de son frère,
Tomba frappé de mort; la justice de Dieu,
Fit périr l'assassin d'une arme meurtrière.

139

C'est vers l'an quinze cents qu'à la cour d'Angleterre,
Un illustre Génois fit une humble prière,
Mais le monarque avare, ignorant et léger,
Refusa tout secours à ce noble étranger;
Mais en Espagne il fut reçu par Isabelle
Et dota ce pays d'une terre bien belle.

140

Dans un humble hameau de la vieille Angleterre,
Naquit un grand poëte en son génie altier :
Il sut d'Élisabeth illustrer encore l'ère
Et se faire admirer par tout le monde entier.

141

Un roi dont les instincts, la basse cruauté,
A bon droit révolta toujours l'humanité,
Fut par Dieu, dans sa loi souvent mystérieuse,
Choisi comme instrument pour une œuvre pieuse.

142

Un jeune roi, l'amour de ses sujets,
Mourut d'une secrète et triste maladie ;
On croit qu'on accomplit de sinistres projets,
Et qu'un crime odieux lui fit perdre la vie.

143

Un roi Français, prisonnier d'Angleterre,
A table fut servi par son jeune adversaire :
Cet hommage au vaincu, donné par un grand cœur,
Fit plus que la victoire honneur à son vainqueur.

144

De prévoyants barons au monarque hypocrite
Au milieu d'une plaine un jour ont présenté
La charte, ce rempart de notre liberté,
     Qui par eux fut alors prescrite.

145

Vers les champs de l'Asie ils veulent tous courir,
Un courage pieux a pénétré leur àme,
Et pour Jérusalem ils vont vaincre ou mourir
Dans la sublime ardeur qui soudain les enflamme.

146

Au milieu de la nuit, dans l'épaisseur d'un bois,
Une reine cachait son fils enfant encore,
Les brigands sont nombreux, mais elle les implore,
Et ces hommes cruels s'émeuvent à sa voix.

147

Le roi de France et celui d'Angleterre,
Veulent tous deux entreprendre une guerre,
     Mais bientôt entr'eux désunis,
     Ils se séparent ennemis.

148

Hubert, au nom d'un Dieu d'amour et de justice,
Ne viens pas me livrer à cet affreux supplice!
Souviens-toi qu'une paille un jour te fit souffrir :
Plutôt que d'être aveugle il vaudrait mieux mourir.

149

Les deux martyrs d'Oxford montent sur le bûcher,
Ils semblent sans pâlir attendre la souffrance;
La foi leur fait goûter le bonheur par avance,
Du supplice avec calme on les voit s'approcher.

150

Quel est donc ce héros, fils de la vieille Écosse,
Qui pour son sol chéri combattit vaillamment?
A Falkirk il tomba sous une immense force,
Mais on raconte encor son noble dévouement.

HISTOIRE DE FRANCE.

151

Quelle fut cette reine au génie exécrable
Expiant par sa mort les maux qu'elle avait faits ?
Elle eut pour ennemie une reine coupable
Des crimes les plus noirs et des plus grands forfaits.

152

Quelle est donc cette nuit toute pleine d'horreur
Où le frère en fureur vient égorger le frère ?
Au nom d'un Dieu clément et rempli de douceur,
Coligny meurt frappé sous l'arme sanguinaire.

153

Un empereur venait du fond de la Russie,
Vers un monde plus vieux et plus civilisé,
Que dans son rêve ardent son génie apprécie,
Et dont le joug doit être à son peuple imposé.
Près d'une tombe illustre au sein de la Sorbonne,
A son émotion le prince s'abandonne :
« Pourquoi faut-il, dit-il, que cet esprit si beau
« Aujourd'hui soit glacé sous le froid du tombeau ! »

154

Un pauvre roi fut frappé de démence ;
En vain, à son secours, on requit la science ;
Mais pour le divertir on découvrit un jeu,
Et ses sombres ennuis s'adoucirent un peu.

155

Un roi cruel et sanguinaire
Condamne à mort un grand seigneur,
Ses enfants, pour comble d'horreur,
Sont mis sous l'échafaud du père !

156

Tandis que du bonheur le peuple a l'espérance,
Sous un roi juste et bon, faisant son noble orgueil,
Le poignard d'un bandit vint replonger la France
Dans des maux dont le roi savait garder son seuil.

157

Un des grands rois de France en partant pour la guerre,
Accorda la régence à son illustre mère
Mais de la terre sainte il vint victorieux,
Et reprit dans sa main son sceptre vigoureux.

158

Au fameux combat de Pavie
Un roi faillit perdre la vie;
Vaincu, blessé dans cet affreux malheur,
« Tout est perdu, cria-t-il, hors l'honneur ! »

159

En quel endroit naquit La Hire,
Ce bon et brave chevalier?
Au roi son maître il osa dire,
Des mots qu'on ne peut oublier.

160

Un roi de France et d'Italie,
De son peuple l'idolâtrie,
Contemporain d'Alfred le Grand,
Fut vainqueur d'un chef Allemand.

161

Ce fut un temps de lutte et de victoire :
On vit fleurir Turenne et puis le grand Condé,
Des monuments fameux augmentèrent sa gloire :
    Par qui Saint-Cyr fut-il fondé ?

162

Du fond de la Bretagne arrive un grand guerrier,
Du roi Charles de France il commande l'armée,
Il se couvrit de gloire, il cueillit maint laurier,
Et périt en héros fier de sa renommée.

163

Un prince sur l'autel, la veille d'un combat,
Déposa sa couronne et dit à ses soldats :
« Amis, de mon pouvoir voyez ce noble insigne ;
« Je le cède aujourd'hui s'il s'en trouve un plus digne ! »

164

Sans peur et sans reproche un noble chevalier,
Se trouve à la journée illustre de Pavie.
Dans ce combat fatal il a perdu la vie,
   Laissant un nom qu'on ne peut oublier.

165

   Condamné sous Philippe-Auguste,
     L'ordre noble des Templiers,
     Périt sous son arrêt injuste;
Molay montra l'exemple à ces preux chevaliers.

166

   Deux factions ont déchiré la France,
Sous un roi malheureux jouet de la démence,
Et la reine imprudente augmente encor les maux,
En fomentant la haine entre les deux rivaux.

167

   Homme au vaste génie, ambitieux ministre,
Par des crimes d'État tu te souillas souvent,
Cinq-Mars et son ami par ton arrêt sinistre,
Ont entaché ton nom de leur sang innocent.

168

Sage ! ce beau surnom que le peuple te donne,
Te fut plus précieux encor que ta couronne ;
Tu chéris en régnant l'auguste vérité
Et de ton peuple heureux tu fus bien regretté.

169

Sur un rocher aride et loin de sa patrie,
Le grand vainqueur des rois dans cet exil mourut ;
La gloire était son rêve et son idolâtrie.
Météore brillant un jour il disparut.

170

En un lieu de Paris, dans la prison du Temple,
On enferma le roi, la reine et leurs enfants,
Dans leur sort malheureux on vit le triste exemple
De l'injuste fureur des partis inconstants ;
Le sanglant échafaud mit fin à la souffrance,
Les infâmes bourreaux ont profané la loi,
    Et l'on vit en ce jour la France
    Répandre le sang de son roi.

171

Illustre et bon Sully, gloire à jamais à toi,
Si fidèle à servir l'intérêt de ton maître!
Gloire aussi soit au noble roi,
Qui savait pardonner au traître,
Disant que le droit du pardon
Des rois était le plus beau don!

172

O, pauvre enfant, fanatique en ta haine,
La mort va te payer ton fatal dévouement!
Comment oubliais-tu dans ton égarement,
Que le Seigneur peut seul briser la vie humaine?

173

Dans ce riche pays où la Garonne coule,
Et dont la capitale est l'ancienne Bordeaux,
De braves citoyens arrivèrent en foule,
Pour briser l'anarchie en arrêtant ses maux,
Pourtant leur dévouement au repos de la France,
Sur l'échafaud sanglant reçut sa récompense.

174

Quel est ce ministre de France
Qui sut si bien diriger la finance ?
 Il eut pour maître le grand roi
 Dont le mot fut : l'État c'est moi.

175

Clotilde eut pour époux un monarque païen,
Mais elle parla tant du Dieu de son enfance,
Qu'après avoir vaincu, dans sa reconnaissance,
L'adorateur des Dieux devint un roi chrétien.

176

Sous les murs d'Orléans vint une pauvre fille :
Elle a par son courage affranchi cette ville,
Et du joug des Anglais elle sut arracher
Son roi qui la laissa périr sur un bûcher.

177

Trois monstres méprisant les lois d'humanité
 Au nom saint de la liberté
 Ont fait partout couler en France,
 Le sang, hélas ! de l'innocence !

178

Près de ces malheureux que torture la peste,
Le prélat de Marseille approche sans terreur,
Sa foi, sa charité par leur misère atteste
    Sa mission d'ange consolateur.

179

Pauvre enfant de nos rois, innocente victime,
Ta courte vie, hélas! fut pleine de douleurs;
Tes bourreaux par leur mort vont expier leur crime;
Tu vas monter aux cieux que t'ont ouvert tes pleurs.

180

O mon noble pays, ô ma France chérie!
Mon père te fit grande et ton nom fut bien beau;
Moi, je meurs, sans avoir rien fait pour ma patrie,
On ne peut mettre, hélas! qu'un nom sur mon tombeau..

181

Dieu le veut! Dieu le veut! ce cri de tous côtés
Résonne dans la foule animant un saint zèle,
Et quittant par milliers l'abri de leurs cités
Les hommes vont, joyeux, combattre l'infidèle.

182

A Maupertuis, tout auprès de Poitiers,
La fortune trahit un noble roi de France,
Mais son vainqueur accorda, volontiers,
Les honneurs dus à l'illustre souffrance.

183

C'est vers l'an seize cents qu'un bon roi défendit
Que l'on persécutât la foi de conscience,
Mais hélas! le grand roi révoqua cet édit,
Et la persécution vint désoler la France.

184

Quel est ce prisonnier dont on cache les traits,
Qui dut dans les prisons passer sa vie entière?
Son nom est une énigme inconnue à jamais,
Dont l'histoire n'a pas soulevé le mystère.

185

Élève de Turenne au grand art de la guerre,
Un guerrier aux soldats, répéta bien souvent :
« Enfants, la mort est peut-être en avant, »
« La honte est toujours en arrière. »

186

Loin de la ville où régna son époux
Dans son exil mourut la souveraine ;
Elle subit d'un fils le coupable courroux,
Le ministre puissant la poursuit de sa haine.

187

O toi, noble Vendée, illustre en ton courage,
Tu bus souvent le sang de tes fils valeureux ;
Mais l'histoire en retour consacrera pour eux
Sa plus fière et plus noble page.

188

Tout résonnait des accents d'une fête ;
Le grand monarque oubliait la conquête,
Quant tout à coup un accident affreux,
Vint en sanglots changer les chants joyeux.

189

Dans l'ancienne ville de Pau,
On voit encore le berceau
D'un jeune prince à qui la France
Conserve sa reconnaissance.

190

A la cour du grand roi apparut une Reine,
Elle vient d'abdiquer le trône et ses grandeurs,
Mais un noble Italien victime de sa haine,
Est tombé sous les coups de son poignard vengeur.

191

Au combat de Crécy, dans son adversité,
Devant ses ennemis fuyait un roi de France,
Épuisé de douleur, vaincu par la souffrance,
Il reçut le bienfait de l'hospitalité.

192

Une épée à la main une femme s'avance;
Son époux a péri, par l'ordre de son roi;
Elle déclare alors une guerre à la France,
En disant à son fils : Venge ton père et moi !

193

Avant que de livrer la bataille d'Ivry,
A ses soldats ainsi parlait le bon Henry :
« Au chemin de l'honneur, gardez-en la mémoire,
« Vous trouverez toujours la véritable gloire ! »

194

Pourquoi faut-il, ô roi ! que ta main trace
Les trois décrets qui sont si fatals à ta race ;
Des hauteurs de ton trône alors précipité,
De l'Écosse on t'offrit l'humble hospitalité.

195

O braves Rochellois combattant pour la foi,
Honneur en soit à vous, mais honte à votre roi,
Qui suivant les conseils d'un coupable ministre,
Sur son règne a jeté plus d'une ombre sinistre !

196

Pauvre princesse, hélas ! victime illustre,
Ton trépas sur ta vie a jeté tout son lustre,
Les bourreaux inhumains ont, dans leur soif de sang,
Méprisé ta beauté, tes vertus et ton rang.

197

Dans l'assemblée arrive un célèbre orateur,
On écoute, on s'étonne à sa vive éloquence ;
Hélas ! il a suivi le parti de l'erreur,
Et vers un sombre abîme il entraîna la France.

198

La nuit d'un voile obscur avait couvert la terre,
De vêpres l'on entend sonner l'appel divin,
Les Français confiants s'en vont à la prière,
Mais huit mille ont péri sous le fer assassin.

199

Amis, souvenez-vous du combat de Rocroy
Où vos nobles drapeaux se sont couverts de gloire,
Où vous avez vaincu pour la France et le roi,
Laissant le souvenir d'une grande victoire.

200

Une humble et modeste chaumière
Au fils des rois ouvre son pauvre seuil :
Un accident affreux a brisé sa carrière ;
Il meurt bien jeune encor, laissant la France en deuil.

CLEF DES ÉNIGMES.

4.

CLEF DES ÉNIGMES.

HISTOIRE SAINTE.

1. La fille de Pharaon aperçut un enfant caché dans les roseaux, au bord du fleuve, elle l'en retira, et le confia à une nourrice, elle appela l'enfant Moïse. (Exode, chap. II.)

2. Ezéchias, roi de Juda, étant malade, fut averti de sa mort prochaine par le prophète Isaïe ; le roi tout en larmes pria alors l'Éternel, et bientôt le prophète lui annonça qu'il sera guéri en trois jours et sa vie prolongée de quinze ans. (II. Rois, chap. XX.)

3. Abraham, tout à Dieu, était prêt à lui sacrifier son fils Isaac, lorsqu'une voix céleste l'arrêta, et il put offrir en holocauste un bélier qu'il aperçut près de lui. (Genèse, chap. XXII.)

4. Pharaon atteignit les enfants d'Israël près de la mer ; Moïse, sur le commandement de Dieu, les fit traverser la mer à pied sec ; Pharaon et son peuple y furent engloutis. (Exode, chap. XIV.)

5. Une femme d'Elkana eut un fils que Dieu, à ses ferventes prières, lui accorda; elle nomma ce fils Samuel, le voua au service de l'autel, en accomplissement de son vœu. (I. Samuel, chap. I.)

6. Scadrac, Mescac et Habed-Nego, ayant refusé de se prosterner devant la statue d'or dressée par les ordres du roi Nebucadnetsar, furent jetés dans la fournaise. (Daniel, chap. III.)

7. Jephté fit vœu à l'Éternel de lui offrir en holocauste ce qui sortira de sa maison au-devant de lui ; lorsqu'après avoir vaincu les Hermonites il retourna chez lui,

sa fille unique s'offrit la première à sa vue. (Juges,
chap. XI.)

8. La reine Vascti ayant refusé de paraître devant
son époux, le roi Assuérus, il la fit dépouiller de son
diadème. (Esther, chap. I.)

9. Esther, malgré son élévation à la dignité de reine, ne
cessa de pleurer les malheurs des Juifs, sa nation. Son
époux, le roi Assuérus, l'ayant excitée à lui demander
une grâce qui lui serait agréable, elle demanda que la
vie fût accordée à elle et à sa nation ; le roi aussitôt accorda tout à sa prière, et les Juifs furent vengés et sauvés.
(Esther, chap. VII.)

10. Le roi Balscatsar, pendant un festin qu'il donna,
vit une main d'homme tracer des caractères sur le mur,
le roi troublé en demanda l'explication à ses astrologues,
mais ils ne purent pas la donner ; Daniel seul expliqua
les caractères mystérieux. (Daniel, chap. v.)

11. Jonas avertit la ville de Ninive de sa prochaine
destruction, le roi ordonna alors un jeûne et la ville fut
sauvée. (Jonas, chap. III.)

12. Arrivé aux portes de Sarepta, le prophète Élie rencontra une pauvre veuve qui partagea avec lui la poignée de farine qu'elle avait encore pour toute subsistance ; l'enfant de la veuve tomba malade et mourut, la mère désolée reprocha cette mort à Élie, qui, par ses prières à Dieu, rendit la vie à l'enfant. (I. Rois, chap. XVII.)

13. Balaam, cédant à la prière du roi Moab, voulait se rendre auprès de lui pour maudire les enfants d'Israël, mais l'ânesse qui le portait fut arrêtée par un ange. (Nombres XXII.)

14. Goliath, Philistin de Gath, après avoir longtemps défié l'armée de Saul, fut tué par David, alors jeune berger dans la maison paternelle. (I. Samuel, chap. XVII.)

15. Lorsque l'impie Athalie se rendit au temple et fit massacrer les princes de la race de David, Joas seul, encore enfant à la mamelle, fut sauvé, ayant été caché pendant sept ans au temple, il fut après ce temps, proclamé roi de Juda. (II. Rois, chap. XI.)

16. Élie, captif du roi Darius, toujours fidèle aux lois de l'Éternel, refusa d'obéir aux ordres du roi, prescrivant sous peine de mort, de n'adresser de prières qu'à lui. Élie fut jeté dans la fosse aux lions, mais il n'en reçut aucune atteinte. (Daniel, chap. VI.)

17. Salomon, cédant aux instances de ses femmes, sacrifia à leurs dieux, l'Éternel l'en punit en lui suscitant des ennemis qui enlevèrent dix parties de son royaume à ses descendants. (I Rois, chap. XI.)

18. Prière de David pour la paix et la prospérité de Jérusalem. (Psaumes, CXXXII.)

19. Saul, après la perte d'une bataille contre les Philistins, se voyant seul et ses enfants tués, dit à son écuyer. Tire ton épée et transperce-moi, de crainte que les incirconcis ne me transpercent. (I. Samuel, chap. XXXI.)

20. Debora, prophétesse et juge des enfants d'Israël, marche avec Barac contre Sisera et toute son armée, elle les détruisit et délivra les enfants d'Israël par cet acte de courage. (Juges, chap. IV.)

21. Nebucadnetsar, roi de Babylone, s'empara de

Jehojakin, roi de Jérusalem, le chargea de fers et l'amena captif à Babylone. (II. Chroniques, chap. XXXVI.)

22. L'Éternel, pour punir les habitants de Sodome et de Gomorrhe, fit pleuvoir sur ces deux villes du soufre et du feu; ces villes furent détruites après que Lot et les siens en étaient sortis. (Genèse, chap. XIX.)

23. Élie s'assit sous un genet et pria Dieu de retirer son âme, parce que les enfants d'Israël ont abandonné l'Éternel. (I. Rois, chap. XIX.)

24. Joseph fut délivré de sa prison en toute hâte, et amené à Pharaon pour expliquer ses songes. (Genèse, chap. XLI.)

25. La reine de Saba se rendit à Jérusalem auprès du roi Salomon : après avoir éprouvé la sagesse du roi, elle bénit Dieu d'avoir pour agréable que Salomon fût roi afin de rendre la justice. (I. Rois, chap. X.)

26. Achab, fils de Homri, prit pour femme Jesabel, fille d'Ethbahal, roi des Sidoniens : ce couple adora le

dieu Baal et fut puni de ses péchés par une affreuse mort. (I Rois, chap. XVI.)

27. Ruth, malgré les prières de Noëmi, sa belle-mère, refusa de la quitter, et la suivit à Bethléhem. (Ruth, chap. I.

28. Élisée montant à Beth-El, une troupe de jeunes garçons se moquèrent de lui et l'insultèrent. Élisée les maudit : alors deux ours sortirent de la forêt et déchirèrent la troupe de garçons. (II. Rois, chap. II.)

29. Le roi Asa fut malade des pieds; dans l'extrémité du mal dont il mourut, il ne chercha pas Dieu l'Éternel, mais il chercha les médecins. (II. Chroniques, chap. XVI.)

30. Pharaon s'endurcissant de plus en plus contre le peuple juif, l'Éternel fit mourir tous les premiers-nés Égyptiens. Cette plaie délivra le peuple juif de l'esclavage. (Exode, chap. XI.)

31. Les deux hommes envoyés par Josué à Jéricho, pour reconnaître le pays, ayant été reçus dans l'hôtel-

lerie de la femme Rahab, le roi envoya vers elle réclamer les deux étrangers; mais la femme les avait cachés, et pour les sauver elle les fit descendre par une croisée qui donnait sur la campagne. En récompense de ce dévouement, les deux envoyés de Josué convinrent avec Rahab d'un signal qui l'a sauvée avec sa famille de la destruction qui attendait Jéricho. (Josué, chap. II.)

32. Josué, par le commandement de Dieu, partit de Scittim et campa avec tout le peuple au bord du Jourdain : aussitôt ses eaux s'arrêtèrent et laissèrent passer tout le peuple à pied sec vis-à-vis de Jéricho. (Josué, chap. III.)

33. Pendant six jours, Josué fit marcher le peuple autour de la ville de Jéricho en faisant sonner les trompettes; le septième jour le peuple fit le tour de la ville sept fois de suite : alors les murs de la ville s'écroulèrent et Jéricho fut pris. (Josué, chap. VI).

34. David envoya ses capitaines avec son fils Abscalon contre Israël rebelle; il recommanda de bien ménager son fils, mais Abscalon, en passant sous un grand chêne, resta suspendu par les cheveux et y fut tué. David en

l'apprenant s'écria dans sa douleur : Plût à Dieu que je fusse mort moi-même pour mon fils Abscalon! (Samuel, chap. XVIII.)

35. Quoique Héli fût instruit des désordres de ses fils, il toléra leurs fonctions au temple. Dieu l'avertit par un messager qu'il sera retranché du temple, qu'il n'y aura pas de vieillards dans sa famille et que ses deux fils mourront le même jour. (I. Samuel, chap. II.)

36. Sur le commandement de Dieu, Moïse monta sur la montagne Sinaï et reçut les tables de la loi. (Exode, chap. XXIV.)

37. Jacob, désolé de la perte de son jeune fils Joseph, eut la consolation de le retrouver en Égypte, comblé d'honneurs par le roi Pharaon. (Genèse, chap. XLVII.)

38. Agar et son jeune enfant, renvoyés par Abraham, se trouvèrent dans le désert de Beer Scebah privés d'eau. La mère désolée s'éloigna de son enfant pour ne pas le voir mourir de soif, lorsqu'un ange de Dieu lui indiqua un puits tout auprès d'elle. (Genèse, chap. XXI.)

39. Pendant une famine qui désola toute la terre, l'Égypte seule avait ses greniers remplis. Jacob y envoya ses fils acheter du blé ; Joseph les accueillit et fit remplir leurs sacs de blé. (Genèse, chap. XLI.)

40. Lorsque Isaac eut donné sa bénédiction à Jacob, croyant l'avoir donnée à son aîné Ésaü, il reconnut son erreur quand Ésaü lui demanda la bénédiction qui lui avait été promise. (Genèse, chap. XXVII.)

41. Dieu, à la prière de Josué, arrêta le soleil pour lui donner le temps de se venger des cinq rois, réunis avec leurs armées pour le combattre. (Josué, chap. X.)

42. Samuel commanda à Saül, roi d'Israël, de marcher contre Hamalek et de tout détruire sans faire de butin ; cependant Saül et son armée ne détruisirent que les choses sans valeur et conservèrent les bonnes, prétextant d'en faire des holocaustes à Dieu ; mais Samuel, par le commandement de Dieu, reprocha à Saül sa désobéissance, lui disant : Obéir vaut mieux que sacrifier. (I. Samuel, chap. XV.)

43. Moïse avant de mourir monta sur le Nebo, d'où il

put voir tout le pays de Juda que Dieu avait promis aux enfants d'Abraham. (Deutéronome, chap. XXXIV.)

44. Naaman, grand guerrier du roi de Syrie, fut lépreux. Une jeune captive d'Israël qui servit Naaman l'engagea à recourir au prophète de Samarie; il s'y rendit, et le prophète Elisée opéra la guérison. (II. Rois, chap. V.)

45. Un envoyé de Dieu trouva à Beth-El le roi Jéroboam faisant des encensements à Baal. L'envoyé dit alors à haute voix que l'autel de Beth-El sera anéanti. Sur ces paroles le roi leva la main en ordonnant qu'on se saisît de l'envoyé de Dieu : aussitôt la main du roi devint sèche, et il ne put la retirer à lui. (I. Rois, chap. XIII.)

46. Saül, troublé dans sa raison par le mauvais esprit que Dieu lui envoya, fit quérir David, le plus jeune fils d'Isaï. Les sons de la harpe de David chassèrent les mauvais esprits et rétablirent la santé du roi Saül. (I. Samuel, chap. XVI.)

47. Joram, fils de Josaphat, excité par sa femme

Athalie à servir le dieu Baal, fut abandonné de Dieu l'Éternel et vaincu par les Philistins ; il fut maudit et accablé de souffrances. (II. Chroniques, chap. XXI.)

48. Élie dit à Achab d'assembler le peuple et tous ses prophètes sur le mont Carmel ; il leur dit alors : Préparez un sacrifice à votre dieu Baal et j'en ferai à mon vrai Dieu. A la consternation des prophètes d'Achab, le sacrifice du prophète Elie fut seul consumé par le feu que Dieu envoya. (I. Rois, chap. XVIII.)

49. Samson, redouté des Philistins, étant tombé entre leurs mains, pria Dieu de lui rendre ses forces un moment pour se venger de ses ennemis. Dieu exauça la prière de Samson, qui ébranla les colonnes de la maison dans laquelle les Philistins étaient assemblés. La maison tomba et les fit tous périr. Samson s'ensevelit sous les mêmes ruines. (Juges, chap. XVI.)

50. Le plus ancien serviteur d'Abraham se reposa auprès d'un puits espérant que les jeunes filles, en venant puiser de l'eau, lui offriraient leur cruche. Aussitôt Rébecca arriva et s'empressa de faire boire le vieillard et ses chameaux. (Genèse, chap. XXIV.)

HISTOIRE PROFANE

AVANT JÉSUS-CHRIST.

51. Le défilé des Thermopyles. Léonidas, roi de Sparte. Inscription : « Passant, va dire à Sparte que nous sommes « morts ici pour obéir à ses saintes lois. » (5ᵉ siècle avant J.-C.)

52. Cornélie, mère des Gracques. (5ᵉ siècle avan J.-C.)

53. Martius, surnommé Coriolan. Peuple ennemi, les Volsques. Nom de sa mère, Véturie. (2ᵉ siècle.)

54. Alexandre le Grand. (4ᵉ siècle avant J.-C.)

55. Zénobie, reine de Palmyre. (3ᵉ siècle.)

56. Amilcar Barcas, général Carthaginois, et son fils Annibal. Ennemis, les Romains. Guerres puniques. (3ᵉ siècle avant J.-C.)

57. Dioclétien. Son collègue Galérius fut son mauvais conseiller. (3ᵉ siècle.)

58. Claude Iᵉʳ. Ses deux épouses furent Messaline et Agrippine. Cette dernière fut la mère de Néron. (1ᵉʳ siècle.)

59. Le fils de Crésus, roi de Lydie. (6ᵉ siècle avant J.-C.)

60. Iphigénie, fille d'Agamemnon et de Clytemnestre. (13ᵉ siècle avant J.-C.)

61. Caïus Marius. (3ᵉ siècle.)

62. Enlèvement des Sabines. (8ᵉ siècle avant J.-C.)

63. Les trois Gordiens. Leurs mères furent : Gordien l'ancien, Olpia; Gordien le fils, Fabia; Gordien le Pieux, Métia. (1ᵉʳ siècle avant J.-C.)

64. Pompée. (1ᵉʳ siècle avant J.-C.)

65. Sylla et Marius. (1ᵉʳ siècle avant J.-C.)

66. Épaminondas et Pélopidas. Victoires de Mantinée et de Leuctres. (4ᵉ siècle avant J.-C).

67. Titus. (1ᵉʳ siècle après J.-C.)

68. Trajan. (2ᵉ siècle.)

69. Marc Aurèle. Commode son fils. (2ᵉ siècle.)

70. Quintius Cincinnatus. (5ᵉ siècle avant J.-C.)

71. Pompée, Crassus et Jules César. (1ᵉʳ siècle avant J.-C.)

72. Gigès tua son ami Candaule avec l'aide de la reine ; celle-ci fut tellement irritée contre son mari qu'il l'eût montrée sans voile à un étranger, qu'elle donna à Gigès le choix ou de tuer le roi, ou de se tuer lui-même. (6ᵉ siècle avant J.-C.)

73. Crésus et Solon. (6ᵉ siècle avant J.-C.)

74. Artaxerxès Mnémon et Cyrus. Retraite des Dix Mille dont Xénophon fut le général. (5ᵉ siècle avant J.-C.)

75. Thémistocle. (5ᵉ siècle avant J.-C.)

76. Ptolémée Soter. Fanal de l'île de Pharos. (3ᵉ siècle avant J.-C.)

77. Nemrod, roi-chasseur, fondateur de Babylone. (26ᵉ siècle avant J.-C.)

78. Sardanapale, roi d'Assyrie. (8ᵉ siècle avant J.-C.)

79. Annibal, général carthaginois, se retira chez Prusias, roi de Bithynie. (5ᵉ siècle avant J.-C.)

80. Les Pyramides. Lac Mœris. (18ᵉ siècle avant J.-C.)

81. Constantin le Grand. (4ᵉ siècle.)

82. Cléopâtre, reine d'Égypte. (1ᵉʳ siècle avant J.-C.)

83. Cyrus, petit-fils d'Astyage, roi des Mèdes. (6ᵉ siècle avant J.-C.)

84. Cambyse. (6ᵉ siècle avant J.-C.)

85. Le colosse de Rhodes, statue d'airain qui avait plus de cent pieds de hauteur. (4ᵉ siècle avant J.-C.)

86. Le mage Smerdis usurpa le trône de Cambyse pendant son absence. Magophonie veut dire anniversaire du massacre des Mages. (6ᵉ siècle avant J.-C.)

87. Agis et Léonidas rois de Sparte. Chélonide, fille de Léonidas, quitta son époux et son trône pour consoler son père dans son affliction. (3ᵉ siècle avant J.-C.)

88. Sémiramis, première femme de Ninus ; elle traça de grandes routes, entoura Babylone de murailles et fit construire ces fameux jardins qui ont été mis au nombre des sept merveilles du monde. (20ᵉ siècle avant J.-C.)

89. Cyrus, roi de Perse, et Crésus, roi de Lydie, se rencontrèrent sous les murs de Sardis. Crésus fut totalement défait. (6ᵉ siècle avant J.-C.)

90. Siége de Rome par Porsenna, roi d'Étrurie. Horatius Coclès sauva la ville. (6ᵉ siècle avant J.-C.)

91. Rome fut fondée par Romulus. Numa Pompilius fut son successeur. Tarquin le Superbe fut l'oppresseur de Rome. (8ᵉ siècle avant J.-C.)

92. Tarquin l'Ancien, cinquième roi de Rome. Nom de l'augure Accius Navius. (7ᵉ siècle avant J.-C.)

93. Servius Tullius, fils d'une esclave de la reine Tanaquil, fut le sixième roi de Rome. (6ᵉ siècle avant J.-C.)

94. Tullia, fille de Servius, épousa en secondes noces Lucius Tarquin, qui voulant s'emparer du trône de son beau-père, le fit précipiter d'une fenêtre du palais. (6ᵉ siècle avant J.-C.)

95. Une femme sibylle à laquelle on donna les différents noms de Démophile, Érophile, Manto, Amalthée. Nom du roi, Tarquin le Superbe. (6ᵉ siècle avant J.-C.)

96. Septime Sévère. (6ᵉ siècle avant J.-C.)

97. Junius Brutus : ses deux fils, se laissèrent entraîner dans une conspiration en faveur de Tarquin. (6ᵉ siècle.)

98. Miltiade, général athénien. (5ᵉ siècle avant J.-C.)

99. Socrate. (4ᵉ siècle avant J.-C.)

100. Romulus et Rémus. (8ᵉ siècle avant J.-C.)

HISTOIRE D'ANGLETERRE.

101. Guillaume le Conquérant. (11e siècle.)

102. Guillaume, fils de Henry Ier, périt dans le naufrage du vaisseau « la Blanche Nef. » (12e siècle.)

103. Richard Ier, surnommé Cœur-de-Lion ; nom du ménestrel Blondel. (12e siècle.)

104. Le roi Jean qui fit mourir Arthur, son neveu. (13e siècle.)

105. Richard II, fils du prince Noir et petit-fils d'E-

douard III. Wat Tyler fut le chef de l'émeute. (14e siècle.)

106. Henri III, événements principaux de son règne : batailles de Lewes et d'Evesham. Henri fait prisonnier par Simon de Montfort. Mort de ce guerrier audacieux. Bravoure d'Édouard, fils du roi, qui succéda à son père. (13e siècle.)

107. Calais. Roi, Édouard III. Reine, Philippa de Hainaut. (14e siècle.)

108. Henri VI. Les couronnes d'Angleterre et de France. (15e siècle.)

109. La reine Élisabeth souilla son règne par sa conduite barbare envers Marie Stuart. (16e siècle.)

110. Marie la Sanguinaire fit brûler une multitude d'hommes, de femmes et même d'enfants, sous prétexte de détruire la religion protestante en Angleterre. (16e siècle.)

111. Charles II. (17e siècle.)

112. Anne de Boulen, seconde femme de Henri VIII (16ᵉ siècle.)

113. George III. (18ᵉ et 19ᵉ siècle.)

114. La princesse Caroline de Brunswick, femme de George IV. (19ᵉ siècle.)

115. Guillaume IV. (19ᵉ siècle.)

116. Édouard V et son frère Richard, duc d'York, fils d'Édouard IV et de la reine Élisabeth, furent étouffés dans la Tour de Londres, par ordre de leur oncle Richard de Glocester. (15ᵉ siècle.)

117. Charles Iᵉʳ. (17ᵉ siècle).

118. Jeanne Gray, cousine du roi Édouard VI; elle épousa lord Guilford Dudley, fils du duc de Northumberland. Elle périt sur l'échafaud pour avoir accepté la couronne. (16ᵉ siècle.)

119. Marie Stuart, femme de François II, revint en

Écosse à la mort de son mari ; elle fut décapitée à Fothe-
ringay, accusée d'avoir conspiré contre la vie d'Élisabeth. (16⁰ siècle.)

120. La bataille d'Azincourt, après laquelle Henri V
se rendit maître de Paris et de la personne même du
malheureux Charles VI, roi de France. (15ᵉ siècle.)

121. Caroline - Mathilde , fille de Frédéric - Louis,
prince de Galles, épousa Christian VII, roi de Dane-
mark. Elle fut enfermée au château de Zell par l'ordre de
son mari ; elle y mourut en 1775.

122. Olivier Cromwell. (17ᶜ siècle.)

123. Lutte cruelle entre les maisons de Lancastre et
d'York, sous le règne de Henri VI, connue sous le nom
de guerre des deux Roses.

124. Édouard II. Il épousa Isabelle de France, fille
de Philippe IV ; elle passa les vingt-sept dernières an-
nées de sa vie au château de Risings, entièrement aban-
donnée par tous ses amis. (14ᵉ siècle.)

125. Édouard III. Victoires de Crécy et de Poitiers. (14e siècle.)

126. L'amiral Nelson tué au combat naval de Trafalgar, 21 octobre 1805.

127. La conspiration des poudres. Catesby, chef de ce complot, voulait faire périr à la fois le roi Jacques Ier et toute sa famille. (17e siècle.)

128. Le cardinal Wolsey, archevêque d'York, sous le règne de Henri VIII.

129. Guillaume II, surnommé le Roux. Il fut tué à la chasse par un chevalier normand, appelé Gauthier Tyrrel. (11e siècle.)

130. Le général Wolf au siége de Québec. (18e siècle.)

131. Édouard IV fit noyer son frère, le duc de Clarence, dans un tonneau de vin de Malvoisie. (15e siècle.)

132. Édouard Ier marcha contre Leolyn, roi du pays

de Galles, le vainquit, et réunit ce pays à la couronne d'Angleterre. (13ᵉ siècle.)

133. Mathilde, fille de Henri Iᵉʳ et mère de Henri Plantagenet. Étienne de Blois, petit-fils de Guillaume le Conquérant avait usurpé le trône d'Angleterre. (12ᵉ siècle.)

134. Thomas a Becket. Roi Henri II. (12ᵉ siècle.)

135. Le prince de Galles, fils aîné de Henri IV. Gascoigne, juge intègre et sévère, ordonna qu'on menât le prince en prison pour lui avoir manqué de respect. (14ᵉ siècle.)

136. Sur les bords de la Boyne. Jacques II et Guillaume III d'Orange. (17ᵉ siècle.)

137. Anne, seconde fille du premier mariage de Jacques II. La victoire éclatante de Blenheim. (18ᵉ siècle.)

138. Richard III. (15ᵉ siècle.)

139. Christophe Colomb. Henri VII. (16ᵉ siècle.)

140. Shakespeare naquit à Stratford - sur - Avon. (16ᵉ siècle.)

141. Henri VIII. La réformation. (16ᵉ siècle.)

142. Édouard VI, fils de Henri VIII et de Jeanne Seymour. (16ᵉ siècle.)

143. Le prince Noir fit prisonnier Jean, roi de France, à la bataille de Poitiers. (14ᵉ siècle.)

144. Jean se vit contraint de signer un traité appelé « La grande Charte. » L'entrevue du roi avec les barons eut lieu dans une plaine, à Bunymede, près de Windsor. (13ᵉ siècle.)

145. Les guerres des croisades, commencées sous le règne de Guillaume II, eurent pour but d'arracher le saint sépulcre de Jérusalem aux insultes des Turcs. (12ᵉ siècle.)

146. Marguerite d'Anjou, femme de Henri VI, traînant après elle son fils âgé de sept ans, se voyant réduite,

après la bataille de Towton, à errer dans les bois pour échapper aux soldats d'York. (15ᵉ siècle.)

147. Richard Cœur-de-lion et Philippe-Auguste débarquèrent en Palestine et mirent le siége devant Saint-Jean-d'Acre. (12ᵉ siècle).

148. Le prince Arthur, neveu du roi Jean, fut enfermé par ordre de son oncle dans une tour de la ville de Rouen où il fut mis entre les mains d'un gardien nommé Hubert, homme dur et impitoyable. (12ᵉ siècle.)

149. Latimer, évêque d'Oxford, et Ridley, évêque de Londres. (16ᵉ siècle.)

150. Sir William Wallace. (14ᵉ siècle).

HISTOIRE DE FRANCE.

151. Brunehaut et Frédégonde. (7e siècle.)

152. Massacre de la saint-Barthélemy dans la nuit du 24 août 1572. (16e siècle.)

153. Pierre le Grand au tombeau de Richelieu. (18e siècle.)

154. Charles VI. Le jeu de cartes fut inventé pour le distraire. (14e siècle.)

155. Louis XI condamna à mort Jacques d'Arma-

gnac, duc de Nemours, pour avoir conspiré contre lui. Ses deux fils furent placés sous l'échafaud pour recevoir sur leur tête le sang de leur père. (15e siècle.)

156. Henri IV fut assassiné à Paris le 14 mai 1610, par François Ravaillac. (17e siècle.)

157. Louis IX. Blanche de Castille fut régente pendant le séjour du roi son fils dans la terre sainte. (13e siècle.)

158. François Ier fut fait prisonnier à la bataille de Pavie en 1525. (16e siècle.)

159. La Hire mourut à Montauban. En parlant au roi Charles qui lui faisait voir les apprêts d'une fête donnée en l'honneur d'Agnès Sorel. La Hire dit : « Je pense qu'on ne saurait perdre son royaume plus gaiement. » (15e siècle.)

160. Charlemagne vainquit Wittikind, chef des Saxons. (9e siècle.)

161. Le règne de Louis XIV. La maison de Saint-Cyr fut fondée par madame de Maintenon. (17e siècle.)

162. Bertrand Duguesclin. Il fut nommé connétable de France par Charles V. (14ᵉ siècle.)

163. Philippe-Auguste à la veille de la bataille de Bouvines, 1214. (13ᵉ siècle.)

164. Bayard commença à se distinguer sous Charles VIII et termina glorieusement sa carrière sous le règne de François Iᵉʳ le 30 avril 1524. (16ᵉ siècle.)

165. On accusa les Templiers, sous le règne de Philippe le Bel, des crimes les plus atroces. Jacques Molay, grand maître de l'ordre, fut brûlé place Dauphine le 19 avril 1314. (14ᵉ siècle.)

166. La rivalité des maisons d'Orléans et de Bourgogne. La conduite imprudente d'Isabeau de Bavière, épouse de l'infortuné Charles VI, fomenta la haine des deux factions. (14ᵉ siècle.)

167. Le cardinal de Richelieu tint les rênes du gouvernement sous Louis XIII. Cinq Mars et de Thou payè-

rent de leur vie leur haine contre ce ministre. (17ᵉ siècle.)

168. Charles V rendit son peuple heureux par sa sagesse. Il disait souvent : « Si la vérité était bannie du reste de la terre, elle devrait se retrouver dans la bouche des rois. (14ᵉ siècle)

169. Napoléon Iᵉʳ mourut en exil à Sainte-Hélène le 5 mars 1821. Ses victoires principales furent celles de Montenotte, Millésino, Mondovi, Castiglione, Arcole, Lodi, des Pyramides, de Marengo, d'Austerlitz, de Wagram et d'Iéna.

170. Louis XVI fut décapité le 21 janvier 1795. Marie-Antoinette, sa femme, et madame Élisabeth, sa sœur, subirent le même sort bientôt après. (18ᵉ siècle.)

171. Henri IV pardonna à son ami l'amiral Biron, accusé de trahison. (17ᵉ siècle.)

172. Charlotte Corday poignarda Marat dans son bain. (18ᵉ siècle.)

173. Les Girondins, parti célèbre dans l'Assemblée législative et dans la Convention, furent ainsi nommés parce qu'on remarquait parmi eux un grand nombre de députés du département de la Gironde. (18ᵉ siècle.)

174. Colbert sous le règne de Louis XIV. (17ᵉ siècle.)

175. Clovis embrassa et fit embrasser le christianisme à ses soldats après la bataille de Tolbiac. (5ᵉ siècle.)

176. Jeanne d'Arc vainquit complétement les Anglais à Orléans ; mais elle fut fait prisonnière au siége de Compiègne et brûlée à Rouen sans que les Français fissent aucun effort pour la sauver. (15ᵉ siècle.)

177. Robespierre, Danton et Marat. (18ᵉ siècle.)

178. Belzunce, évêque de Marseille, se signala par son zèle à secourir les malades et par son courage héroïque pendant la peste qui désola Marseille en 1720 et 1721. (18ᵉ siècle.)

179. Louis XVII mourut le 8 juin 1795. On suppose

qu'il succomba aux mauvais traitements qu'il eut à subir. (18ᵉ siècle.)

180. Le duc de Reichstadt, fils de Napoléon et de Marie-Louise, mourut à Schœnbrun en 1832. (19ᵉ siècle.)

181. Les croisades avaient pour but de conquérir la Palestine et d'en former un royaume chrétien. La première croisade eut lieu en 1095. (11ᵉ siècle.)

182. Jean, roi de France, fut fait prisonnier par le prince Noir, qui le traita avec tout le respect dû à l'infortune. (14ᵉ siècle.)

183. L'édit de Nantes fut publié par Henri IV et révoqué par Louis XIV en 1685. (17ᵉ siècle.)

184. On ignore encore le nom du prisonnier appelé le Masque de fer, il fut longtemps détenu dans le château de l'île Sainte-Marguerite, plus tard il fut mis à la Bastille. (17ᵉ siècle.)

185. Catinat prononça ces paroles dans la malheureuse

affaire de Chiari, quand l'armée française fut défaite par le prince Eugène, 1701. (18e.siècle.)

186. Marie de Médicis, mère de Louis XIII, fut nommée régente pendant la minorité de son fils ; elle mourut en exil à Cologne, 1642. (17e siècle.)

187. La Vendée fut toujours une province remarquable par la bravoure. La Rochejacquelin fut un de ses plus illustres chefs; il fut tué au combat de Noaille, en 1794. (18e siècle.)

188. Pendant une fête donnée à l'occasion du mariage de Napoléon Ier avec Marie-Louise, le feu prit aux rideaux, et plusieurs personnes périrent, 1810. (19e siècle.)

189. Henri IV, surnommé le Grand, né le 13 décembre 1553. (16e siècle.)

190. Christine de Suède fit assassiner son grand écuyer Monaldeschi dans une galerie à Fontainebleau, sous Louis XIV. (17e siècle.)

191. Philippe de Valois. (14e siècle).

192. La femme du connétable Olivier de Clisson, que Philippe de Valois avait fait périr, le soupçonnant d'avoir des intelligences avec Édouard III, roi d'Angleterre. (14ᵉ siècle.)

193. Henri IV. (16ᵉ siècle.)

194. Charles X. Les trois ordonnances suivantes parurent le 25 juillet 1830 : la première dissolvait les chambres, la deuxième convoquait les colléges électoraux en changeant le mode d'élection, la troisième suspendait la liberté de la presse. (19ᵉ siècle.)

195. Siége de la Rochelle par Richelieu, sous Louis XIII. (17ᵉ siècle.)

196. La princesse de Lamballe, surintendante de la maison de la reine Marie-Antoinette, périt sur l'échafaud. (18ᵉ siècle.)

197. Mirabeau, le plus grand orateur de la révolution française. (18ᵉ siècle.)

198. Les Vêpres siciliennes. Massacre fait en Sicile le lundi de Pâques 1282, de tous les Français. (13ᵉ siècle.)

199. Le grand Condé à Lens, 1648, remporta la victoire sur les Impériaux. Il cherchait toujours à exciter l'ardeur des soldats. (17ᵉ siècle.)

200. Le duc d'Orléans, fils aîné de Louis-Philippe, fut emporté par ses chevaux et mourut de cette chute, le 13 juillet 1842. (19ᵉ siècle.)

FIN.

Paris. — Imprimé par E. Thunot et Cᵉ, rue Racine, 26.

www.ingramcontent.com/pod-product-compliance
Ingram Content Group UK Ltd.
Pitfield, Milton Keynes, MK11 3LW, UK
UKHW051842140726
13696UKWH00007B/1133